Musique de Marcel Legay
Préface
de
FRANÇOIS COPPÉE
Les
Rondes
du
Valet de Carreau
Prix : 5 Francs net.
Texte de George Auriol
Dessins de Steinlen
PARIS
BRANDUS, Magasin de Musique, rue Richelieu, 103
C. MARPON & E. FLAMMARION
rue Racine, boulevard des Italiens
1887

Rondes du Valet de Carreau

MARCEL LEGAY

Rondes
DU
Valet de Carreau

Vers autographes de FRANÇOIS COPPÉE (de l'Académie Française)

TEXTE DE GEORGE AURIOL — ILLUSTRATIONS DE STEINLEN

PRIX : 5 FRANCS NET

PARIS
BRANDUS, MAGASIN DE MUSIQUE, RUE RICHELIEU, 103
C. MARPON & E. FLAMMARION
RUE RACINE, BOULEVARD DES ITALIENS
—
1887

Petits enfants, voici des rondes.
Qu'il dure peu, l'âge innocent,
Qui, secouant ses boucles blondes,
Chante en dansant!

Formez vos rondes! Cueillez l'heure!
Il vient à pas précipités,
Le temps où l'on chancelle et pleure.
Dansez, chantez!

Chantez! Votre voix où, sans crainte,
Le rire agite ses grelots,
Deviendra grave pour la plainte
Et les sanglots.

Dansez, jeunes âmes en fête!
La poussière que, sans remords,
Vos pieds font s'envoler, est faite
Avec les morts.

Mais vous n'en savez rien encore.
Chers petits enfants, jouissez
De votre fugitive aurore.
Chantez, dansez!

François Coppée

Je dédie mon volume aux Petites Demoiselles de la **Villa-Pierrette,** Jane *et* Suzanne Besnier.

Marcel Légay.

Villa-Pierrette, Octobre 1887 (Mans).

HECTOR
HECTOR
LE VALET de CARREAU
Steinlen

Le Valet de Carreau

Se tenir par la main et former le cercle en marchant. Au dernier couplet se tenir par la main et tourner très lentement.

C'est le valet du Roi d' Carreau
C'est le valet du Roi;
Qui s'en va le dimanche
Sur les chevaux de bois,
Sa dague sur la hanche!

C'est le valet du Roi d'Carreau,
C'est le valet du Roi;
Qui demande un' pervenche,
Sur les chevaux de bois,
A sa cousine Blanche.

C'est le valet du Roi d' Carreau
C'est le valet du Roi;
Il ôt' sa toque blanche
Sur les chevaux de bois
Et doucement se penche...

C'est le valet du Roi d' Carreau
C'est le valet du Roi :
« — Qu'il fait donc bon ma belle
Sur les chevaux de bois,
Au son des ritournelles... »

Au valet du Roi d' Carreau,
Au p'tit valet du Roi,
Blanche fait sourde oreille
Sur les chevaux de bois :
Aux images pareille.

« — Gentil valet du Roi d' Carreau,
Cent ans tourne pour moi
Et cent ans et demi
Sur les chevaux de bois
Tu n' m'attrapperas mie. »

C'est le valet du Roi d' Carreau
C'est le valet du Roi :
Sa figure est tout' blanche
Sur les chevaux de bois
Il pleure sur sa manche...

Il est maint'nant sur le Carreau
Le pauv' valet du Roi!
Il s'est percé le cœur
Sur les chevaux de bois,
Le soir d'un beau dimanche!...

Le Valet de Carreau

A Mademoiselle Alice Frère.

Au 4me couplet, au piano, jouer les deux premiers vers à l'octave, comme pour finir.
Au dernier couplet, après : *Le soir d'un beau dimanche,* chanter tristement : *C'est le valet du roi d' carreau,* etc., — voir pour finir.

CHANSON
DU
ROY ET DE LA REINE

Le Roy et la Reine

En avant deux ou en avant quatre.
Traverser au quatrième vers; et ainsi de suite jusqu'à la fin en ralentissant.

La Reine a dit au Roi :
Je veux me promener.
La Reine a dit au Roi :
Je veux me promener;
Me promener au bois,
En carrosse doré
Avec six grands chevaux
Et cinq laquais frisés!

La Reine a dit au Roi :
Je veux aller danser.
La Reine a dit au Roi :
Je veux aller danser;
Danser le long des bois
Comme au milieu des prés,
Avec des souliers blancs
Et les cheveux poudrés!

La Reine a dit au Roi :
Je voudrais galoper.
La Reine a dit au Roi :
Je voudrais galoper,
Sur un cheval de bois,
Joliment habillé
Avec des rênes d'or,
Des diamants aux pieds!

La Reine a dit au Roi :
Je voudrais naviguer.
La Reine a dit au Roi :
Je voudrais naviguer
Sur un bateau de plomb,
Monté de chiens coiffés,
Avec des mâts de fer
Et trois mille avirons.

La Reine a dit au Roi :
Monsieur, je veux voler!
La Reine a dit au Roi :
Monsieur, je veux voler!
Mais au fin fond des bois,
Le Roi s'en est allé
Chasser le sanglier,
Et n'est plus revenu.

Le Roy et la Reine

A Mademoiselle Marthe Chincholle.

La Complainte
du Soldat de Plomb
Steinlen

La Complainte du Soldat de plomb

Galop sur deux rangs. Se tenir par la main. Accélérer pendant les six premiers couplets. Finir lentement.

Il était un soldat de plomb
Qui n'avait pas un pouc' de long :
Y s'ennuyait au camp d' Châlons.

S'en vint trouver l' mait' du bateau
Et lui dit : « Puisque l' temps est beau,
Je veux me promener sur l'eau. »

Le capitaine répondit :
« On va partir pour le Midi,
Embarquez, si l' cœur vous en dit. »

Et comm' ça vers la fin du jour,
Ils s'en sont allés faire un tour
Sur le bassin du Luxembourg.

Mais lorsqu'ils furent loin du bord,
Le vent les prit par le tribord,
Et les fit tournoyer très fort, très fort.

Le capitain' dit : Sauv' qui peut !
L' second crie : A la grâc' de Dieu !
Et tout l' mond' se jett' dans l' flot bleu.

Les matelots qu'étaient en bois
Se mir'nt à nager trois par trois
Vers la riv' sans aucun émoi.

Mais le soldat qu' était en plomb
Vivement tomba dans le fond,
Regrettant bien le camp d' Châlons.

Alors pensant à ses amours
Il mourut sans fifr' ni tambours
Dans le bassin du Luxembourg.

Un poisson roug' passant par là
Ouvrit la bouche et l'avala
Avecques tout son tralala.

Son âm' qu' était en plomb aussi
Fut croquée ainsi qu'un radis.
Ell' n'ira pas en paradis.
De Profundis.

La Complainte du Soldat de plomb

A Louis Lucas Leclin.

Ajouter à tous les couplets : *lire-la-lon-la-lon*-LO — ou *lon*-LON ou *lon*-LOUR selon la rime.

Au dernier couplet chanter lentement et tristement le couplet et dire, très vite : *Dée-profundis-fundis.*

POUPÉE

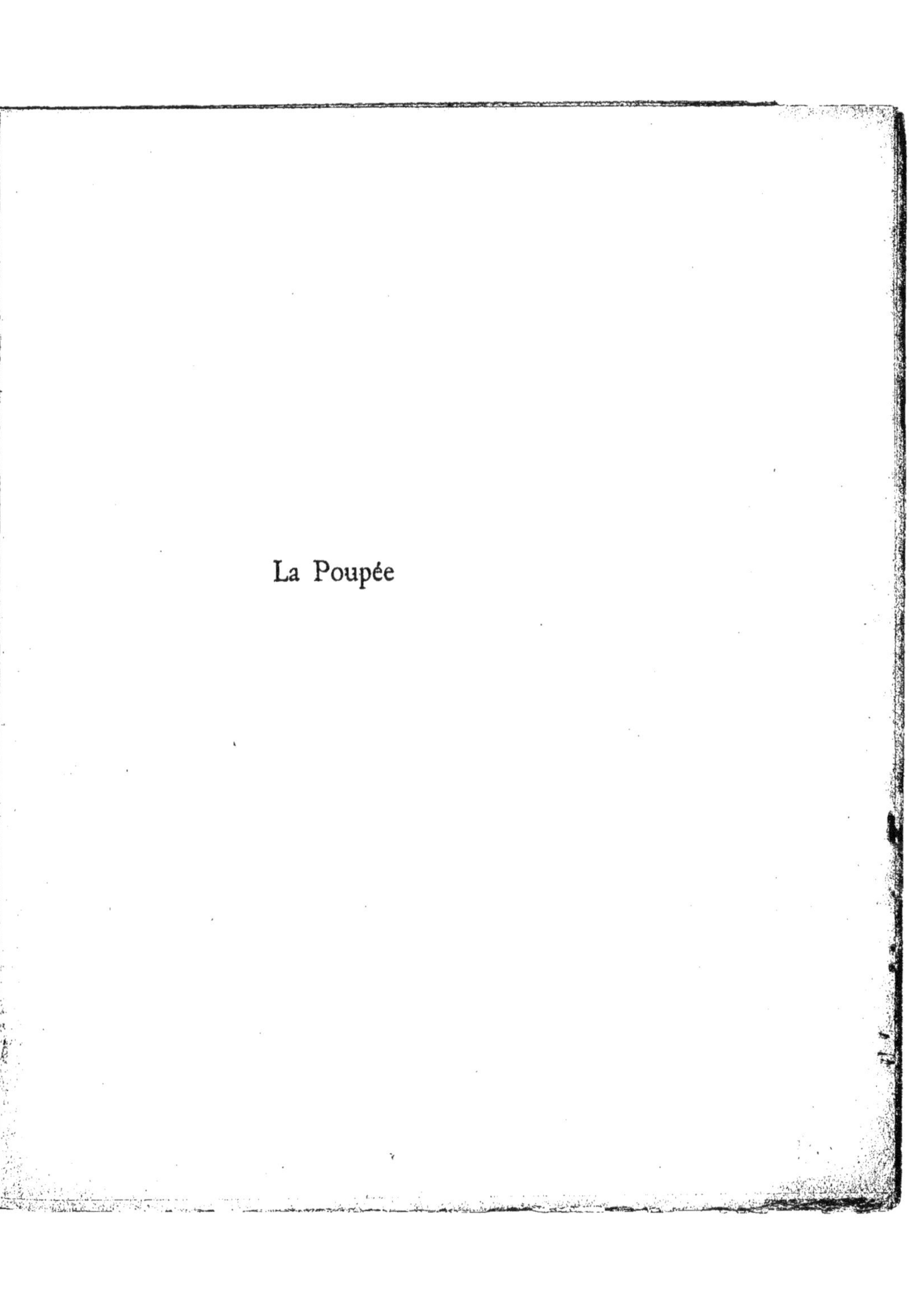

La Poupée

La poupée est assise par terre. La ronde tourne autour d'elle. Aller très lentement pendant le couplet. Pendant le refrain, tourner plus vivement en sautant sur un mouvement de polka.

La Poupé' dort dans le jardin
Avec son ami le Pantin,
A l'ombre d'un pied de salade.
Voici fleurir le lys
Lanturlurette!
Voici fleurir le lys!

Son grand oncle l'ami Pierrot
La regarde par le carreau
En fredonnant une ballade.
Voici fleurir le lys
Lanturlurette!
Voici fleurir le lys!

Mais sa gross' nourrice Zonzon,
Elle est restée à la maison...
Pour faire bouillir la marmite.
Voici fleurir le lys
Lanturlurette!
Voici fleurir le lys!

Polichinelle son papa
Sous les arbres fait les cent pas,
Avec son nez en terre cuite.
Voici fleurir le lys
Lanturlurette!
Voici fleurir le lys!

La Poupé' rêve à son grand frère
Qui s'en est allé pour la guerre
Dans une boîte de soldats.
Voici l'œillet en fleurs
Lanturlurette!
Voici l'œillet en fleurs!

La Poupée

A Mademoiselle Augustine Hamonou.

La petite Bobette
Steinlen

La Petite Bobotte

On forme deux camps. Les gens de la noce chantent Robe blanche. *Le peuple chante* Pour un' fois. *On se tient bras dessus, bras dessous. La noce est précédée de la mariée. Lorsqu'elle chante, elle marche vers l'autre camp qui ne bouge pas. Quand la noce a fini son couplet, elle ne bouge plus, alors le peuple marche vers elle en chantant le sien. Et ainsi de suite jusqu'à la fin.*

La p'tit' Bobotte, voilà qu'ell' se marie,
Robe blanche, robe blanche!
La p'tit' Bobotte, voilà qu'ell' se marie,
Robe blanche, robe blanche!
Voilà qu'ell' se marie!

Avec qui donc qu'ell' se met en ménage
Pour un' fois, pour un' fois, pour un' fois
Qu'ell' se met en ménage?

Avec la fleur des grenadiers de France,
Robe blanche, robe blanche!
Avec la fleur des grenadiers de France,
Robe blanche, robe blanche!
Des grenadiers de France!

On lui-z-a mis couronn' de fleur d'orange,
Pour un' fois, pour un' fois, pour un' fois,
Couronn' de fleur d'orange!

On lui-z-a mis trois jupons de dentelle,
Robe blanche, robe blanche!
On lui-z-a mis trois jupons de dentelle,
Robe blanche, robe blanche!
Trois jupons de dentelle!

Qu'est-c' qui dira la messe pour Bobotte,
Pour un' fois, pour un' fois, pour un'fois,
La messe pour Bobotte?

Ce s'ra monsieur le curé de Sainte-Anne,
Robe blanche, robe blanche!
Ces'ra monsieur le curé de Sainte-Anne,
Robe blanche, robe blanche!
Le curé de Sainte-Anne.

Les fiancés diront « oui » de la tête,
Pour un' fois, pour un' fois, pour un'fois,
Diront oui de la tête!

Les dam's d'honneur quêteront à l'église,
Robe blanche, robe blanche!
Les dam's d'honneur quêteront à l'église,
Robe blanche, robe blanche!
Quêteront à l'église.

On soupera-z-aux «Vendang's de Bourgogne»,
Pour un' fois, pour un' fois, pour un' fois,
Aux « Vendang's de Bourgogne »!

On dansera-z-au son des cornemuses,
Robe blanche, robe blanche!
On dansera-z-au son des cornemuses,
Robe blanche, robe blanche!
Au son des cornemuses!

Le bal fini, partiront en carrosse,
Pour un' fois, pour un' fois, pour un' fois,
Partiront en carrosse!

L' baptêm' se f'ra le lendemain d' la fête,
Robe blanche, robe blanche!
L' baptêm' se f'ra le lendemain d' la fête,
Robe blanche, robe blanche!
Le lendemain d' la fête.

Ce sera-t-il garçon ou demoiselle,
Pour un' fois, pour un' fois, pour un' fois,
Garçon ou demoiselle?

Non, ce seront deux petites jumelles,
Robe blanche, robe blanche!
Non, ce seront deux petites jumelles,
Robe blanche, robe blanche!
Deux petites jumelles!

La Petite Bobotte

A Mesdemoiselles Suzanne et Yvonne Guertin.

Steinlen
LE MARCHAND DE SABLE

Le Marchand de Sable

Les deux plus grandes de la société figurent la maman et la servante; elles se tiennent les mains en l'air et font passer toute la bande dessous. Au dernier couplet, on s'embrasse, en se disant bonsoir.

Y a quéqu'un en bas,
Madame, y a quéqu'un,
Qui demande à entrer
Par la port' du jardin
Ou par le potager.

— Fais-le donc entrer, Martine,
Fais-le donc entrer!

Madame, y dit comm' ça,
Comm' ça, madame, y dit,
Qu'il voudrait bien manger
Un petit bout de pain
Ou bien un peu d' pâté.

— Fais-le donc manger, Martine!
Fais-le donc manger!

Madame, y dit comm' ça,
Comm' ça, madame, y dit,
Qu'il boirait bien un coup
D'eau claire ou de vin doux,
Ou d' lacryma-christi.

— Donn'-lui donc à boire, Martine!
Donn'-lui donc à boire!

Madame, y dit comm' ça
Qu' l'angélus est sonné;
Dans l'horlog' qu'il m'a dit,
N'y a-t-il rien d' cassé
Ni dans le balancier?

— N'y a rien de cassé, Martine,
N'y a rien de cassé!

Madame, y dit comm' ça
De coucher les enfants;
De leur fair' boir' le lait
Et de leur donner l' fouet
S'ils ne sont pas contents.

— Quel est donc cet homm', Martine?
Cet homm', quel est-il?

Madam', c'est l' marchand d' sable,
Qui donne des images
Aux enfants qui sont sages;
Ceux qui n' veul'nt pas dormir
Il leur fait voir le diable!

— C'est un bon moyen, Martine,
C'est un bon moyen!

Madam', faut mettre au lit
Madeleine et Christine;
Ainsi qu' mam'zel' Lili
Et que l' petit Tonton
Et que la p'tit' Tantine!

— Couche-les viv'ment, Martine,
Couche-les viv'ment!

Oui, oui, couchons-les vite,
Qu'y n' les emporte pas
Dans le fond d' son cabas!
Quand y nous f'ra visite
J' dirons qu'y n' sont plus là!

— Bonne, bonne nuit, Martine,
Et bonnet de nuit!

Le Marchand de Sable

A Gérault et Maurice Richard.

BUVONS
LE
LAIT..
Steinlen

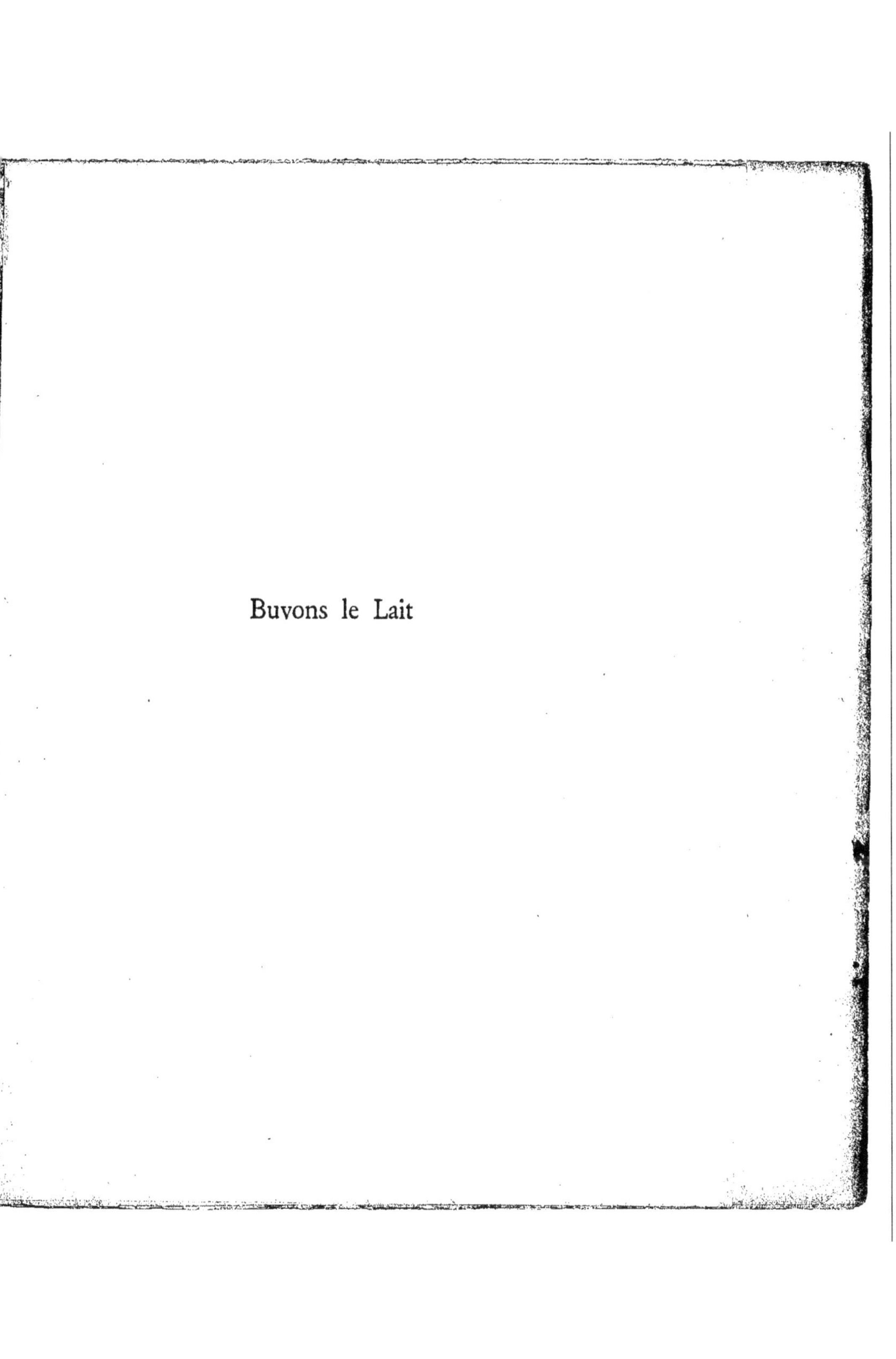

Buvons le Lait

Danser sur deux rangs tournant en sens inverse. Au dernier couplet les deux ronds se réunissent, ralentissent leur allure, et cessent de danser.

Buvons le lait
Dans des tasses de faïence ;
Buvons le lait
Dans des tasses de faïence...
Ah ! je voudrais bien savoir
Le beau virelai,
Que l'on me chantait le soir
Dans le temps de mon enfance.

Buvons le lait,
Disait notre chambrière ;
Buvons le lait,
Disait notre chambrière...
D'un cornette au manteau noir
Qu'elle connaissait
Elle nous parlait le soir...!
— Il est parti pour la guerre...

Les cheveux blancs
Qu'avait notre chambrière ;
Les cheveux blancs
Qu'avait notre chambrière,
Je voudrais bien les revoir,
Ses bonnets flottants...
Aussi ses rubans de moire
Qui tombaient jusques à terre.

Buvons le lait
Que notre servante apporte ;
Buvons le lait
Que notre servante apporte ;
Nous n'entendrons plus l'histoire
Qu'elle nous contait...
— Cornette et bonnets, bonsoir ! —
Notre chambrière est morte.

Buvons le Lait

A Mesdemoiselles Marianne & Mireille Hugues.

Chanter à la fin du 2me couplet et à la fin du dernier, aux mots : *Guerre* et *Morte*, un *si* bémol au lieu d'un *si* naturel qu'il y a.
Chanter pour finir le 1er couplet et le refrain.

Chanson
des
Adieux

La Chanson des Adieux

Se tenir deux par deux. Faire un petit parcours dans le mouvement de la marche, en saluant du chapeau ou du mouchoir, à la fin de chaque couplet.

Le vent vient d'est, le temps est beau,
Adieu ma mère!
J'ai quatre plum'-z-à mon chapeau,
Adieu ma mère!
J'ai quatre plum'-z-à mon chapeau
J'en aurai davantage...
Adieu ma mère! adieu ma mie!
Nous partons en voyage!

Nous allons quitter le château,
Adieu Jeannette!
J'ai quatre fleurs à mon chapeau,
Adieu Jeannette!
J'ai quatre fleurs à mon chapeau,
Mets-les à ton corsage...
Adieu ma mère! adieu ma mie!
Nous partons en voyage!

Nous allons en pays nouveau,
Adieu ma mère!
Nous reviendrons pour le plus tôt,
Adieu ma mère!
J'ai quat' rubans à mon manteau,
Quatre écus pour bagage...
Adieu ma mère! adieu ma mie!
Nous partons en voyage!

Surtout ne languissez pas trop,
Adieu Jeannette!
Nous vous rapport'rons des cadeaux,
Adieu Jeannette!
Le bonjour aux gens du hameau,
Comme aux fill's du village!
Adieu ma mère! adieu ma mie!
Nous partons en voyage!

J'ai quatre plum'-z-à mon chapeau,
Adieu ma mère!
J'ai quat' galons à mon manteau
Adieu Jeannette!
J'ai quatre frér's qui sont jumeaux,
—Y d'meur' ent dans l' voisinage...—
Mais j'ai qu'un cœur qu' est pour ma mie,
Et je le laisse en gage!

La Chanson des Adieux

A Marcel Bailliot.

Complainte
des
Filles
de
Lanternete

Les Filles de Lanternette

Chaque enfant chante son couplet, les autres reprennent en chœur au refrain. On ne tourne que pendant le refrain.

Les fill's de Lanternette
Malgré le mauvais temps,
Vont laver leurs cornettes
Dans le grand Océan.
— Vont laver leurs cornettes. —

Dedans les mers de Chine
Leurs amis sont perdus,
Ils cueill'ent l'algue marine :
On n' les reverra plus...
— Dedans les mers de Chine ! —

Ils s'embarquér'nt à treize,
C'était un compte mauvais...
A bord de la *Thérèse*.
Y n' reviendront jamais...
— Ils étaient partis treize ! —

Leurs voiles étaient blanches,
Ils n'avaient pas vingt ans :
Voilà soixant' dimanches
Demain qu'on les attend...
— Leurs voiles étaient blanches ! —

C'est pour chercher fortune
Qu'un jour ils sont partis :
Chacun pour sa chacune.
— Maint'nant c'est bien fini,
Pour chacun, pour chacune ! —

Chacun avec la même
Ils se sont mariés :
La Mer, faut-y qu'elle aime
Tous ces pauvres gabiers !
— La Mer, faut-y qu'elle aime ! —

Y r'trouv'ront pt'-êt' leurs pères
Dans le fin fond des fonds :
De l'aut' côté d' la terre,
Parmi ces goémons...
— Y r'trouv'ront pt'-êt' leurs pères ! —

Y sont tous morts sans cierge
Au chevet de leur lit ;
Que notre bonne Vierge
Les mène au Paradis.
— Y sont tous morts sans cierge ! —

Nous mettrons à Sainte-Anne
De gros bouquets de fleurs ;
Recommandez leur âme,
Auprès de not' Seigneur.
— Recommandez leur âme ! —

Les filles à la brune
Ainsi dansant en rond,
Chantent au clair de lune
Avec des fleurs au front...
— Tous les soirs sur la dune ! —

REFRAIN

Ah ! madame l'Hirondelle,
Ah ! monsieur le Goéland,
Donnez-nous de leurs nouvelles
Avant l' premier jour de l'an !

Les Filles de Lanternette

A Mademoiselle Lucile Humbert.

Dans __ le __ grand O - cé - an ______ Vont la -
Allegretto et follement
- ver leur cor - net - te. Ah! ma -
Allegretto et follement
- da - me l'hi - ron - del - le! Ah! mon - sieur le go - ë - land!
rall.
a Tempo
Don - nez - nous de leur nou - vel - le A - vant l'premier jour de l'an.
rall.
a Tempo

LA CHANSON DES FOUS
Steinlen

Chanson de Printemps

Deux camps : les Muguets à droite; les Coquelicots à gauche. Le chef de chaque bande chante le couplet et les autres reprennent en chœur le refrain : Lire-la-lon-laine ! *Les Coquelicots doivent avoir une cocarde ou fleur rouge; les Muguets cocarde ou fleur blanche.*

Les Muguets ont dit aux Coquelicots :
Nous sommes plus beaux
Que vot' capitaine !
Les Muguets ont dit aux Coquelicots :
Nous sommes plus beaux
Que vot' capitaine !
— Lire-la-lon-laine !
Nous sommes plus beaux,
Lire-la-lon-lo !

...Nos chaperons blancs sont pleins de grelots,
Nos manteaux sont faits de faridondaine !
Ah ! quand reviendra la Reine du Clos !
Que le vent promène...
— Lire-la-lon-laine !
Nous sommes plus beaux,
Lire-la-lon-lo !

Les Coquelicots ont dit aux Muguets :
Nous sommes plus gais
Que votre duchesse !
Les Coquelicots ont dit aux Muguets :
Nous sommes plus gais
Que votre duchesse !
— Lire-la-lon-laine !
Nous sommes plus gais,
Lire-la-lon-lai !

De soleil couchant nos chapeaux sont faits,
Nous sommes vêtus d'habits de paresse !
Ah ! quand reviendront les jolis Bluets
Que le vent caresse !...
— Lire-la-lon-laine !
Nous sommes plus gais,
Lire-la-lon-lai !

Chanson de Printemps

A Louis Marsolleau.

lain Nous sommes plus beaux li_re la lon lo
très léger et détaché.
très léger et détaché.
comme un chœur vif et gai.
Nos cha_pe_rons blancs sont pleins
de gre_lots, Nos manteaux sont faits de fa_ri don dai
rall
rall
a Tempo.
ne Ah! voi_ci ve_nir la rei_ne du clos
a Tempo.

en mesure.
Que le vent pro - mè - - - ne.
Li - re la lon lai - re Nous sommes plus
en mesure.
beaux li - re la lon la
suivez.
très léger et détaché
très léger et détaché.
Les coque - licots ont dit aux mu - guets
Nous sommes plus gais que votre du - ches - - - se Les co - que - li

-cots ont dit aux mu-guets: Nous sommes plus gais que vo-tre du-
-ches-se! Li-re la lon lai-re Nous sommes plus gais Li-re la lon
lai.
très léger et scandé
très léger et scandé
Chœur vif et gai.
Du so-leil cou-chant nos cha-peaux sont faits Nous sommes vê-
Chœur vif et gai.

rall.
_tus d'habits de pa_re_ _ _se! Ah! quand re_vien_dront les jo_
chantez à volonté.
_lis bleu_ets Que le vent ca_res_ _ _se.
suivez à volonté
en mesure.
Li_re la lon lai_ne Nous sommes plus gais li re la lon lai.
en mesure.
suivez.
très léger et scandé.
très léger et scandé.
FIN

La Journée de l'Enfant

La Journée de l'Enfant

A Mesdemoiselles Jeanne et Geneviève Bessirard.

Petites Légendes

A. Le lever du soleil. L'horizon est déjà plein de papillons. Les jolis petits pierrots chantent dans les hauts peupliers.

L'enfant pendant ce temps achève un beau rêve.

B. L'*Angelus* du matin sonne. L'enfant ouvre les yeux, écoute en souriant. L'enfant est levée.

C. L'enfant marche à petits pas.

D. L'enfant veut prendre son grand chien Montenvers par la queue, mais l'enfant tombe.

E. L'enfant au lieu de pleurer, se relève, rit et court plus vite, retombe, pleure et rit tout à la fois.

F. L'enfant est à table, elle mange de la soupe, l'enfant fait miam' ! miam' ! ce qui veut dire donnez à manger au grand chien Montenvers et à l'enfant. L'enfant est bien portante, bien gaie, elle a eu du dessert qu'elle a partagé avec son grand chien Montenvers.

G. L'enfant écoute la boite à musique qui joue une mélodie bretonne que l'ami Paul Fauchez exécute tous les dimanches sur les grandes orgues à l'église Saint-Roch au moment de l'élévation.

doubler l'8ve
rall
H
Maestoso
pizz.
J
pizz.
K Maestoso
1º
2º
L harmonieusement.
Cloches.
Ped gauche.

Petites Légendes

H. Il fait soleil, l'enfant est avec le grand chien Montenvers dans le jardin. Miam'! miam'! beau! beau! elle cueille des roses, pique ses petits doigts roses, mais c'est miam'! miam'! beau! beau! tout de même.

I. L'enfant vient écouter la musique au piano et chante: Miam'! miam'! beau! beau! Le grand chien Montenvers, dans le ravissement, met sa grande patte sur le clavier et fait de la musique aussi lui.

J. L'enfant est à table pour dîner; elle a faim. Le grand chien Montenvers la regarde.

K. L'enfant monte doucement se coucher, elle est bien fatiguée. Le grand chien Montenvers aussi, car il tire une longue langue.

L'enfant est couchée dans son berceau aux rideaux bleus, le grand chien Montenvers passe sa grande langue sur le joli visage de l'enfant. Pas gêné!

L. L'enfant s'endort et semble murmurer une petite prière à l'enfant Jésus pendant l'*Angelus* du soir.

L'enfant a les bras en croix sur la poitrine.

Le grand chien Montenvers descend dormir aussi; mais il veillera sur l'enfant.

L'enfant dort; elle rêve: Miam'! miam'! beau! beau!

Marcel Legay.

Août 1887.
Villa-Pierrette (Le Mans).

TABLE DES MATIÈRES

Paris. — Imprimerie A. Lanier, 14, rue Séguier.

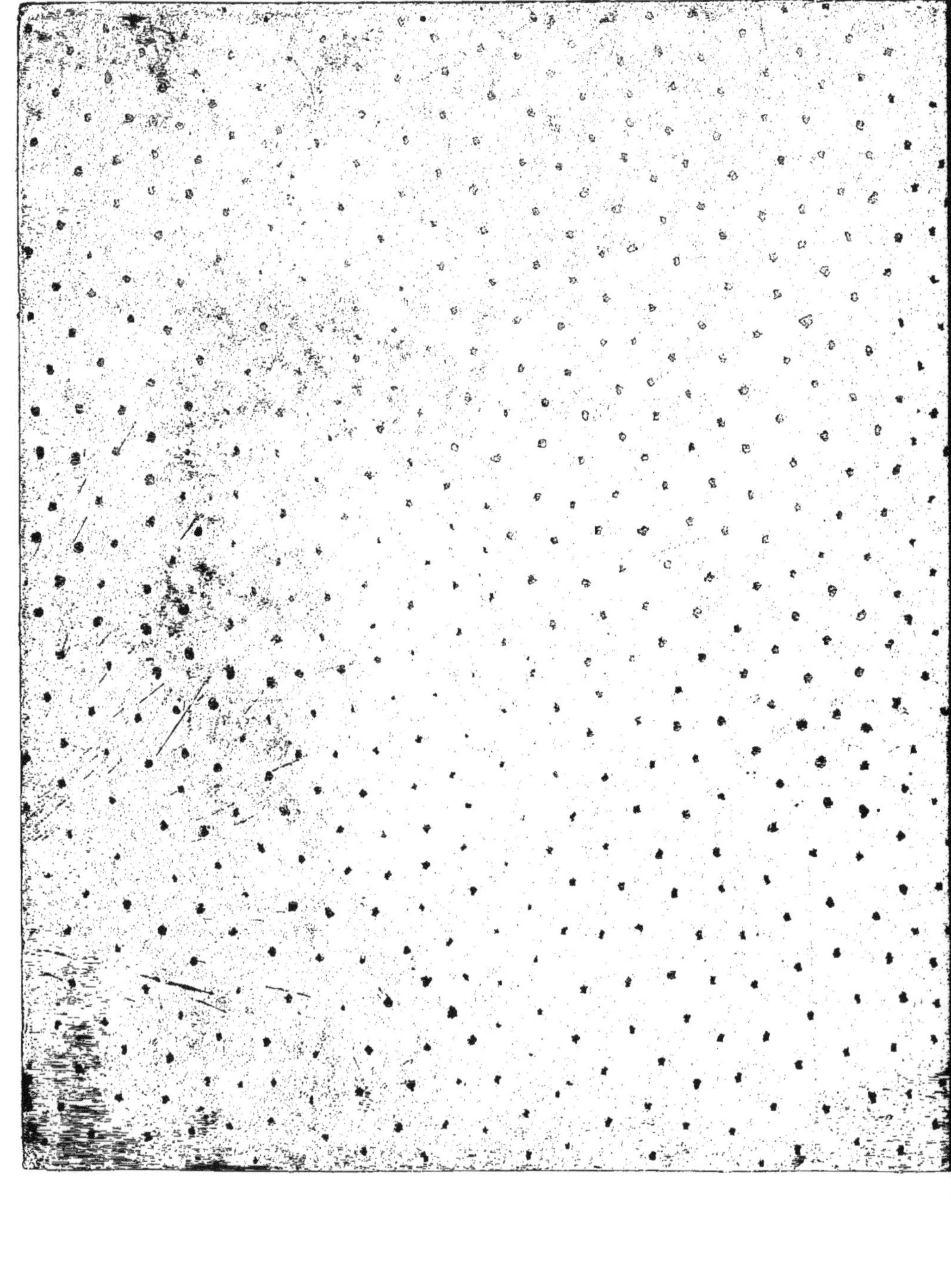

www.ingramcontent.com/pod-product-compliance
Ingram Content Group UK Ltd.
Pitfield, Milton Keynes, MK11 3LW, UK
UKHW020316220726
13923UKWH00003B/1196